일몰은 사막 끝에서 물음표를 남긴다

김심환
시집

일몰은 사막 끝에서 물음표를 남긴다

김삼환
시집

도서
출판 북인

序

*
시간의 흐름은
인식의 순간에만 의미를 갖는다.
*
멀리 물이 있는 곳을 향해 걸어갔으나
가서 보면 신기루였다.
*
여기서 북극성까지 가려면
얼마나 더 가야 할까?
*
그래도 천천히, 천천히
조금만 더, 조금만 더,

2020년 9월
김삼환

차례

1부

낡은 벽시계

오래된 빈 집

안방 벽에

낡은 벽시계 하나 걸려 있다

누렇게 색이 바랜 부부 사진 옆에

학사모를 쓰고 있는 아들 사진 아래

지친 팔다리 서로 포갠 듯

시침 분침이 엇갈려 멎어 있다

시간의 올이 풀리다 멈춘 순간부터 지금까지

아침 햇살이 찢어진 창호지를 통과하여

거미가 엮어놓은 시간그물을 뚫고

마당가 사금파리 위에 쏟아놓는

눈부신 헌사

누군가 밑줄 그어놓은

마지막 단락에 보내는

말 없는 경외

눈 뜨고 자고 있는

벽시계의

이 무극!

침鍼을 맞으며

정확한 진단을 하려면
자기공명영상을 통해 확인해보아야 한다기에
육중한 기계의 철판에 알몸을 눕혔더니
척추관에 협착증상이 생겼다고 한다.
한의원 침대에 누워
짙은 오욕의 무늬 어룽진 등판, 척추 좌우로
십여 개의 침을 꽂아놓고
순백의 벽을 향해 고백하느니
그동안 내 허리에 무거운 돌덩이를 얹어놓고
함부로 오만하게 나댔었구나.
좌우로 사고의 균형을 맞추지도 않았으며
위아래 무게를 가늠하지 못한 채
늘 삐딱하고 건방지게 살아왔구나.

소금꽃에 대하여

아버지의 몸에서 물기가 빠져
하늘로 올라가고 있었다
점점 화장실 출입 횟수가 잦아지더니
평소 그토록 엄하던
말씀의 무게가 가벼워지고 있었다
자주 하늘을 올려다보며
마른 소금꽃이 보인다고 했다
한 마리 자벌레처럼
몸을 웅크렸다 펴기를 반복하며
몇 뼘만큼 남은 시간을 재고 있었다
몸을 말려 가볍게 해야
그 소금꽃을 볼 수 있다고
결국 피를 말려야만
소금처럼 짠 맛을 낼 수 있다고 했다
아버지 곁을 지키는
사람과 사람 사이에
흘러넘치던 물도 차츰 말라갔다
새로 들어오려는 물꼬를 완강히 막고
바닥의 맨살이 드러날 때까지
자꾸 물을 밖으로 밀어낸 자리에
허연 소금꽃이 피어나고 있었다

가문비나무처럼

그 친구 문상하러 가는 날
비가 내렸다
빗소리에 섞여 들리는 말은
정기검진 시 이상 징후가 있어
재검진을 받으라 했는데
재검진은커녕 가족에게도 알리지 않은 채
아무 말 없이 그냥 살았다는 것
그것도 그가 사는 방법이었으므로
가문비나무처럼 올곧게 살아온 그에게
자신의 몸 어딘가에
돌덩이 같은 옹이가 박혀서
자라나고 있다는 사실을
인정하기 싫었을 것이다
매년 정기검진을 하지 않으면
불이익을 준다 하므로 검진을 하긴 했지만
그의 몸 구석구석을 들여다보는
낯선 의료기구와
속에 남아 있는 모든 찌꺼기 비워내기 위해서
시큼한 약물 들이마시면
1분도 되지 않아 주루룩 흘러내리는

자기 몸의 오물을 보는 것이 힘들었을 것이다
가문비나무처럼 똑바로 사는 것이
그가 세상을 읽는 독법이었으므로

비점批點을 찍다

지인의 부음을 받고
문상을 할 때마다 생각하는 것은
신산한 삶의 여정을 돌아보고
편안하게 가시기를 바라며
명복을 빌어주는 일이다

한 사람이 태어나서 죽을 때까지
한세상 멋지게 살아낸 것을
몇 줄의 글로 표현한다면
누군들 한두 개쯤
눈길가는 단어가 없겠냐마는

가쁜 숨 몰아쉬며
몇 번의 극한상황이 끝나갈 무렵
엄지손가락 방향을 위로 쳐들어
동료의 안전을 확인한 당신의
마지막 문장

백령도 앞 바다에서
짧고 굵게 살다간

한 남자의 생애를
하나하나 짚어가며
비점批點을 찍는다

어스름녘에

누가 지시하지 않아도
어둠은 매일 소리 없이 찾아와
창을 두드린다. 슬그머니 가게 안을 들여다보다
교차로를 바삐 건너가던 바람도 몸을 눕혀
잠잠함에 드는 시간이다.
군단처럼 밀고 왔던 햇볕도 막사로 돌아가는지
그림자의 꼬리가 길어졌다가 토막토막 잘려나간다.
그 시간에 나는 커튼을 올리고 어스름녘의 창가에 선다.
창은 완강하게 팔짱을 끼고 먼 곳을 향하는
내 시선의 진로를 방해하고 있다. 영원한 것은 없다고 했으니
저 창의 완강한 팔의 힘도 곧 어둠 앞에 풀어질 것이다.

의자를 끌어당겨 창을 등지고 앉을 때
앞에 있는 벽이 일어서서 몸을 감춘다.
벽 뒤에 숨어 있던 말들이
기지개를 켜며 걸어나와 알알이 쏟아지는 시간이다.
그릇을 꺼내 먼지를 턴다.
나는 주섬주섬 큰 그릇에 담을 말과
종지 그릇에 담을 말을 분류한다.
주머니에 넣을 말과 서랍에 넣을 말을 따로 보관한다.

몇 개의 말들은 금고에 넣어 봉인하고
몇 개의 말들은 비닐봉지에 넣어 쓰레기장에 버리기로 한다.

어스름녘 창틈으로 음악이 흐른다.
그릇을 씻는 물소리에 섞이기도 하고
잠깐씩 나갔다가 들어오는 전기의 몸짓에 멈추기도 한다.
내 기억의 회로에도 크고 작은 지문의 흔적이 역력하다.
내 눈의 각도가 어그러져서
생각의 사면에 빗금이 그어진 것을 모르고
원을 각이라 주장하는 것이
얼마나 바보스러운지 이제 알겠다.

나무와 나무 사이에 물이 흐른다.
차도와 인도 사이에도 물이 흐른다.
'흐른다'가 아니라 누군가 '흘려보낸다'
또는 '흐르게 한다'가 정확한 말일 것이다.
사람과 사람 사이에도 물이 흘러가게 해야 한다.
빠르게 흐르기도 하고 천천히 흐르기도 하고
흐르다가 멈추기도 하고 멈추었다가
다시 흐르기도 한다

어스름이 지나면 어둠이 흘러든다.
어둠은 나의 내면의 공간을 채웠다가
슬그머니 빠져나가고 다시 채우기를 반복한다.
채우고 빠지는 그 사이를 분주하게 왕복하며,
종종걸음으로, 걸어서 또 걸어서
오늘 어스름녘에 다시 서 있다.

여음餘音

도슬릭 강변에 떠도는 소리들은
각각 자기의 음역에서 높낮이를 조절한다.
어떤 소리는 너무 높아서
멀리 날아가는 모습이 보이지 않고
어떤 소리는 너무 낮아서
내 발 앞에 머문다.
높은 소리는 바람을 따라 지나가는 흔적을 남기지만
낮은 소리는 나와 동행하며 내 말의 어원을 찾아준다.
강변은 소리를 만들어내는 나름의 풍경이 있다.
풍경을 배경으로 하는 소리는
높지도 않고 낮지도 않아서
나는 눈으로 풍경을 보면서
거기서 나오는 소리의 고저를 분간하려고 애쓴다.
내가 강변을 걷고 있는 동안
나의 청각에 잡히는 소리들은 분주하다.
높은 소리이든 낮은 소리이든
각각 머무는 영역에서
장애물을 걷어내려 애쓰기도 하고
잠시 비상을 꿈꾸기도 한다.

모스크 사원의 옥색 지붕 위로 맑은 햇볕이 통과할 때
푸른 하늘과 모스크 사원 벽의
아라베스크 문양이 부딪혀 내는 소리가 반짝인다.
이맘의 기도 소리가 사위로 퍼져나가는 동안
푸른 하늘에 그 소리의 꼬리들이 길게 이어진다.
모스크 앞을 지나는 사람들의 마음 안에
마지막 소리의 여음이 자리잡는다.
기도 소리의 파장이 옅어질 때까지
사원의 지붕을 통과하는 햇볕도 숨을 멈추고 움직이지
않는다.

기도 소리의 음역 안에서
강변의 새들은 적막을 줍고 있다.
두 발을 땅에 딛고 있거나
날개를 퍼덕거리며 날아오르거나
새들의 몸짓은 고요와 적막 안에 머물고 있다.
기도 소리가 멈출 때를 기다려
강 건너편에서 이편으로 날아오거나
이쪽에서 강 건너편으로 날아가기를 반복할 뿐
오고갈 때 복잡한 계산서를 깃 속에 넣어놓고 날지 않

는다.

　강변의 새들은 눈이 좋아서

　시간을 안고 흐르는 물의 속도를 따라잡지 않는다.

　강물이 소리내지 않고 흘러가더라도

　그저 멀어지는 모습을 지켜볼 뿐이다.

　모스크의 옥색 지붕을 통과하는 햇볕이

　푸른 하늘로 사라지면서 내는 소리가

　이맘의 기도로 길게 이어진다.

도슬릭 강변의 바람은 먼지를 먹고 산다

마른 먼지 묻은 옷을 세탁기에 넣고 돌린다. 마른 먼지 쌓인 바닥을 물걸레로 닦는다. 사막에서 불어오는 바람은 늘 비포장도로 위에 그 먼지를 옮겨놓고 시치미를 떼고 있다. 창문을 꼭꼭 닫아놓고 있어도 어느 틈에 마른 먼지는 벽을 뚫고 들어와 자리를 잡는다. 조금만 방심해도 마른 먼지는 내 삶에 달라붙고 끼어들어 눈을 멀게 하고 귀를 어둡게 한다.

바람 소리가 거세다. 창틈으로 비집고 들어오는 창밖의 소리가 심상치 않다. 커튼을 젖히고 대로를 왕래하는 자동차 소리인가 싶어서 내다보았으나 오고가는 자동차는 한산했다. 바람 소리가 기마병이 몰려오는 영화의 효과음처럼 요란하다. 덕하역 옆 민박집 창문이 덜컹거려 잠을 설칠 때 인정사정 봐주지 않는 바닷가 바람의 거친 행동이 여기 와서 다시 생각이 나는 것은 창문 틈새로 이상한 비명을 질러대는 거침없는 바람 때문이다. 사막이나 바다나 본질이 같아서인가. 오늘 부는 바람은 한 자락 접고 돌려 말하는 은유적 품위도 없이 그대로 돌진하는 돌쇠 같다.

문을 두드리고 도망가는 골목길의 아이들 놀이처럼 바람

이 창문을 두드리고 간다. 궁금해서 문을 열어보면 어느 새 저만치 가서 건너편 가로수 가지가 흔들리고 있다. 손을 뻗어도 잡을 수 없는 거리만큼 나와 바람 사이의 거리는 멀지 않고 그렇다고 가깝지도 않다. 뭔가 금방이라도 부드러운 실체가 만져질 듯이 눈을 뜨고 분주하게 움직이지만 가서 보면 또 저만치서 바람은 나뭇가지만 흔들어댄다. 사람과 사람 사이에 늘 애매한 거리를 유지한 채 살아가는 것이 우리들의 삶이던가.

그림자論

행주대교 아래 한강변 초가을 갈대숲의
그림자가 서쪽으로 드리울 때
원경의 산 중턱에 걸린
아침 안개가 스르르 걷힌다

부여 궁남지 산책로 안쪽 연꽃의
그림자가 동쪽으로 드리울 때
석양을 바라보며 벤치에 앉아 있던
노부부가 옷을 털고 일어선다

그림자는 사각의 틀 속에 갇혀 있지 않고
동서로, 남북으로, 크게 혹은 작게 그 모습을
감추거나 드러내며 때로는 한 점으로
숨었다가 때로는 자신의 전모를 밝힌다

스스로 그려가는 자신의 모습 또한
해 그림자 달 그림자처럼 서로 달라서
낮에는 손을 뻗어 잡으려 해도 잡히지 않고
밤에는 실눈 속에 숨기려 해도 숨겨지지 않는다

눈물꽃

창문도 반만 열린, 반지하방 한 쪽 벽에
아침 햇살을 풀어 그린 꽃그림이 걸려 있다

오가는 길을 비켜 몰래 눈을 마주쳐도
그 눈 속에 있는 말을 전할 수가 없어서

창틈으로 기웃거리는 햇살을 가져오면
가슴에 묻은 것들 벽에 함께 버무려져

마음속의 말이 굳어 배경이 되고 마는
반지하 어둔 방을 밝혀주는 눈물꽃

팔을 뻗어도 입술까진 닿지 못해서
그 그림을 그대로 바라만 보고 있는

찬바람 부는 그 길, 골목 같은 한 세상
돌고 돌고 휘돌아 다시 돌아나올 때까지

벽에 피는 상사화
상사화는 눈물꽃

저울은 그림자의 무게를 재지 않는다

내가 서서 보는 곳이 어디냐에 따라
두 눈에 들어오는 세상은
날카롭게 각이 진 네모이거나
살갑고 부드러운 원형이 된다.

날마다 뱉어내는 내 말이 날아가서
누구의 가슴에 어떤 흔적으로 남을 때
그것은 각이 지거나 둥그런 모양이 되어
막다른 골목을 돌아나오는
내 발걸음을 무겁게 한다.

수없이 많은 꽃이 피었다가 지는 동안에
걷고 있는 이 길이 흔들리지 않게
길 위에 떠도는 내 말의 여음餘音을
들을 수 있으면 좋겠다.

내게서 기생하는 언어의 치장을 걷어내면
저울은 내 몸의 실제 무게를 잴 뿐
늘 나를 따라다니는
허욕과 허상의 무늬가 배인
그림자의 무게는 재지 않는다.

암호는 사다리

테헤란로를 걸어가다가
군 시절 내무반을 함께 사용했던
그를 우연히 만났다
30년도 훨씬 더 지난
까마득한 시간이 흘러갔음에도
그를 보자마자 갑자기 웃음이 터진 것은
그가 이 험한 세상을 어떻게 버티면서
살아냈을까 하는 궁금함이었다
암호는?
사다리…
꼼짝마라 움직이면 쏜다(철컥철컥 장전하는 소리)
지위고하를 막론하고
그가 보초를 선 날은 전 부대원이 긴장을 했었는데
어떤 날은 단체기합으로 하루를 보냈고
어떤 경우에는 분대원이 단체로 포상휴가를 갔다
적당히 타협하고 건성으로 악수하며
거짓 웃음으로 대충대충 살아온 내게
그의 눈빛은 아직도 총총하고
말의 각이 살아 있어서
'꼼짝마라 움직이면 쏜다'
를 반복하고 있었다

장작을 패면서

녹슨 도끼로 장작을 팬다
한가운데를 정통으로 내리치면
시원스럽게 두 쪽으로 좌악 갈라지는 나무
그 동안 얼마나 굴곡 없이 곧게 자라왔는지
적당한 양의 햇빛과 바람과 이슬이 함께하여
섬세한 손길로 잘 다듬어진
마음속의 결이 명쾌하다
곁눈질하지 않고 쭉 쭉 뻗어올라가면서
결대로만 살아온 사람들의 삶을
고스란히 드러내며 쪼개지는 장작
잘 쪼개지지 않는 장작과 대화하기란 늘 힘에 겹다
짧은 여름 긴 겨울 속에서
볕을 향한 연모도 아주 잠시
걷고 있는 길이 구불구불 얽히고설켜
오르막과 내리막이 많은 복잡한 여정의 기록
마음을 닫아 켜켜이 쌓이는 암덩어리처럼
군데군데 박힌 단단한 옹이
아무리 날선 도끼로 내리쳐도
정수리를 쪼개지 못하고
왼쪽이나 오른쪽 변죽만 건드리고 만다

끝내 단면도를 보여주지 않고
마음의 실체를 숨긴 채
잘려나간 팔다리
생각이 복잡하여
내리지 못한
결론

육도 간격의 산책

사랑은
수시로 마주보며
서로가 눈빛으로 느끼는 것

아니 사랑은
때때로 적당한 거리에서
서로 체온을 나누는 것

간격으로 치자면
육도쯤 되는지 몰라

사랑은
멀리 떨어져 있어도
둘이서 한 곳을 보는 것

아니 사랑은
가까이 있어도
한마음으로 다른 길을 가는 것

간격으로 치자면

육도쯤 되는지 몰라

* 초개 김영태 시인의 캐리커처 모음집 『육도 간격의 산책』의 제목을 인용하였음.

오보誤報에 덧나다

한때 홍자색 눈부셨던 목련,
한순간에 그 꽃들 떨어지고
떨어진 그 자리에
살점 베어내는 아픔이 고여 있다
시간이 지나면 다 밝혀지는 것들이
아직 밝혀지지 않을 때
붓끝의 간지러움 참지 못하고
서푼어치 물감을 풀어 질서 없는 도색을 하다가
엉뚱한 벽을 붙잡고
잘 알지도 못하면서 너무 많이 알리려고 한 것,
그것이 늘 우리의 병을
덧나게 하고 있다

슬픈 꼬리에 대한 기억

어머니는 큰아들을 하늘로 보낸 후
할 말을 속으로 꾹꾹 누르다가
우욱 우욱 뱉어내는 말꼬리들 물기에 젖어
터널 같은 기인 동굴이 만들어졌다
도마뱀이 그 동굴을 들고날 때마다
슬픔의 꼬리가 하나씩 잘려나갔다
이 세상에 꼬리 달린 모든 슬픈 것들이
수시로 들어왔다 나가곤 했다
그 꼬리들이 하나씩 떨어져나가서
캄캄한 동굴에 몇 줄기 빛의 기둥이 세워지고
한 칸 한 칸 시간으로 덧칠한 그 기둥의 한 쪽 끝을
어머니는 오늘도 한 손으로 붙잡고 있다

바람의 말[言]
— 차마고도 룽따

바람이 말을 하기 위해서
깃발은 펄럭이는 것이다

고갯마루에 깃발을 꽂아두는 것은
바람이 전하는 말을 들으라는 것이다

먼 데서 손님이 오는 것처럼
깃발은 햇빛을 받아안고

고개 너머를 꿈꾸는 사람들은
깃발의 흔들림을 먼저 보고

깃발 아래서 모자를 벗고
고개를 숙여 기도를 하는 것은

바람이 어느 곳을 향하다
작은 풀잎을 흔드는지

호수의 물무늬는 어떻게
달그림자를 그려넣는지

바람이 전하는 말에 귀를 기울여야
비로소 그 길을 알 수 있기 때문이다

2부

콘트라베이스처럼

물오리처럼
콘트라베이스처럼
무언극처럼

샤갈의 마을에서 춤추는 눈송이들에게
살점
저며준
초개草芥 선생

그 따뜻한 손 움직여
뭉툭하게 닳아진 몽당연필
바스라진 뼈

피아노와 토슈즈로 장식한 창문 너머
아직 희미하게 반짝이는
몇 개의 누이별을
그리고 있는

사막어록 1

그는 지금도 무겁게 등짐을 지고 사막 위를 타박타박 걷고 있을 것이다 바람은 순간순간 모래 위에 새겨지는 그의 삶의 흔적을 하나하나 지우고 있을 것이다 그러므로 그가 주춤거리며 머뭇거리며 지상에 남기고 간 언어의 뼈들이 실은 그렇게 단단하거나 모질거나 깊지 않은 어록이었음을 그는 이미 눈치챘을 것이다 수없이 뭉개지고 부서지는 말의 덩어리들을 끌어안고 하늘 아래 세상 어딘가에 있을지도 모르는 그 말의 안식처를 찾는 걸음걸음이 정작 비화로 흩어지는 사막의 발자국 같은 것이었음을 이제는 알았을 것이다 그의 몸에 핏줄이 막혀 말을 할 수 없을 때 오체투지하듯 몸으로 아니 표정으로 아니 눈으로 몸부림에 몸부림을 치던 그 시간이 언제였던가 생각하고 있을 것이다 살과 뼈를 모두 버리고 가볍디가벼운 몸으로 그 길의 심연을 걷고 있을 것이다 그가 머물렀던 지상의 시간은 단조로운 무대의 키 작은 주인공이 받은 짧은 조명의 단막극에도 미치지 못하였음을 알았을 것이다 그는 지금 눈물 마른 눈이 아파서 물기 젖은 번뇌들을 귀로 들으며 몇 번씩 멈췄다 내뱉는 깊은 호흡을 사막 위에 뿌리고 있을 것이다 힘든 내색은 하지 않고 밀교 수행자의 모습으로 그저 사막을 걷고 있을 것이다

사막어록 2

이제야 비로소 나는 여기 와서
사람을 사랑할 자격을 얻었다

하란 산맥을 넘어 텅거리 사막을 횡단하는 바람이
등을 구부리고 낮게 불어와 흐물흐물한 해를 밀어내는
저녁 무렵에 내 몸에서 빠져나온 벌레들이 모래 속을 헤
집어
손금 같은 선을 그으며 가고 있었다

선을 따라 내 노트에 적힌 미움의 기록들을
하나하나 모래 속에 묻었다 내 이력 속에 얼룩처럼 묻어
있는
몇 번의 욕설과 몇 번의 무례와 치욕, 몇 번의 눈물 섞인
안타까움도
함께 묻었다 모래 위를 쓰다듬는 키를 낮춘 바람의
부드러운 손을 볼 줄 아는 눈을 얻었다

그 자격증 하나 얻기 위해 이 먼 길을 돌아왔느니
벌레들이 빠져나간 텅 빈 몸으로 텅거리 사막을
걷고 또 걸으며 나는 다시 사람을 사랑할 자격을 얻었다

사막어록 3

구순을 앞두고도 정갈하신 어머니께
밝은 색이 섞여 있는 스카프를 사드렸다
사막의 해 그림자를 길게 그린 풍경 담은,

낙타의 더운 입김이 뿌려지는 해거름에
터벅터벅 끌고온 내 흔적도 모두 담아
텅거리 사막 일몰을 한아름 모아드렸다.

모래는 모진 삶을 기억하진 못해도
북극의 밤하늘에 더 빛나는 별빛처럼
한생을 열어 새겨온 추억을 모아드렸다.

사막어록 4

뜬눈으로 밤을 새워 한 시절을 건너오다
긴 이야기 끝 단락쯤 마침표를 찍고 나서
마지막 숨을 고르며 눈물처럼 해가 졌다

혀끝에서 맴도는 마저 하지 못한 말로
차마 손을 놓지 못하고 먼 길을 가려하니
세상에 머문 시간이 바람처럼 사라졌다

병실 문을 닫고 나와 그를 끝내 배웅한 날
모질게 견딘 것들 천지사방 흩어지는
한생의 흔적을 모아 사막에다 묻었다

사막어록 5

북극성에 오금 저린 사막의 밤이 가고
팽팽하게 몸을 비튼 내 노트의 글자들이
점점이 모래가 되어 다시 눈을 뜨는 아침

수천 년의 발걸음도 흔적을 지운 이곳
내 걸음 뒤를 재며 질문 하나 따라온다
무엇을 남길 것이냐 물어오는 모래바람

쌓아도 부서지는 기껏 한낱 모래성을
모둠발로 뛰어도 볼 수 없는 신기루를
서너 점 덤을 받아도 무너지는 포석을

견디라 견뎌보라 마른 모래언덕 너머
낙타의 더운 입김 옆구리에 닿을 때
일몰은 사막 끝에서 물음표를 남긴다

토우土偶 21

무엇을
물어보아도
묵묵부답인 그 사람

속앓이 끝 해가 지면
가쁜 숨이
가라앉아

뒤돌아
울고 있느니
등이 넓은 그 사람

토우土偶 22

그때, 해사한 복사꽃 피던 밤, 뒷모습이 아름다운 여인에
게, 한순간, 눈이 멀어, 온 정신을, 잠깐, 놓아버린 적이 있
지요

그 뒤부턴 복사꽃 피는 철엔 한동안 구석방에 웅크리고
앉아 속으로 말과 몸을 잘근잘근 씹어서 삼키곤 합니다

누렇게 색깔 바랜 벽지 위에 점점이 흩어져 있는 파리똥
자국을 연결하는 거무스름한 집거미들의 교신음이 환청처
럼 희미해집니다

집을 나간 사람들이 돌아오지 않으면 울타리 갈참나무
아래를 분주하게 오고가는 집개미나 담벼락과 장독대 사이
에 자릴 잡은 채송화도 바빠집니다

그러면 구석방도 온통 복사꽃 천지가 되고 그 여인과 한
몸이 되어 이 구석 저 구석으로 마구 뒹굴다가 얼굴을 마주
보고는 손을 놓지요

지금 이런 모습으로

토우土偶 23

온전히 뚝심 하나로 시간 앞에 버티는
인수봉,
그 아래에
간혹 일개미들이 종종걸음을 걷다가
발을 헛디뎌 넘어지면
한가하게 맑은 물이 흐르는 실개천의
푸른 잎새 위에
가볍게 안착할 때도 있다
하루 종일 시간을 재는데 분주한 일개미들이여
너무 걱정 마시라
그대들이 오가는 길만이 세상이 전부가 아니라는 것을
발을 헛디뎌 넘어져 보아야
알 수 있느니

토우土偶 24

당신 몸엔 샘물처럼 향기가 고여 있다

누구 손에 퍼올려져
마시는 이 또 누구일까

그 눈짓 그윽한 향기, 그 향기에 젖고 싶다

조근조근 그 언어로 도란도란 피는 꽃

바짝바짝 곁에 붙어
만지고픈 그 살결

내 몸에 쏟아지던 별, 그 별빛에 젖고 싶다

토우土偶 25

틈만 나면

성긴 창을

비집고 들어와선

어머니 무릎 속을

살강거린

샛바람

남향집

뒤안에서는

죽순들이 서걱인다

토우土偶 26

누가 부는 입김인가

창에 그림

곰실대고

어제 오늘 내일이 또

지문처럼

남을 흔적

그 손길 아득하여라

몸을 감는

빛무늬

토우土偶 27

화장터 인부들의

물기 없는

얼굴 위에

야생화가 살고 죽는

영원 속의

길 위에

말없는 운평선雲平線＊ 위에

몸을 눕힌

친구여

＊ 조영서 시인의 말을 인용.

충전기의 힘

힘이 빠져 숨넘어갈 듯 헐떡거리는
휴대전화기의 배터리를 충전기에 꽂으면
빨간 경고 불빛이
어느 순간에
파란 빛으로 변한다
가물가물 들리지 않던 목소리가 들리고
저장해논 부호들이 다시 살아나
순서를 다투며 꿈틀거린다

기능이 다한 부위를 충전할 수 있도록
아홉 개의 구멍을
갖고 있는 나는
오늘 한 곳의 구멍을 열어
기진한 사랑을 충전한다

면벽을 하거나
기도를 할 때
가창오리 편대가 날아가는 곳에서
꿈을 꿀 때
내 몸의 구멍을 열어

늘 충전기를 꽂는다

차곡차곡 모아둔
지친 기억들이
일거에 살아나는
충전기의
힘!

옛 우물

다시 이 물 먹으면 손에 장을 지지겠다고
이름 석자 걸어 다짐하며
떠나온 고향의
옛 우물 앞에서
지우고 또 지우려 해도
내 혈관에 흐르는
부끄러운 피 씻고 싶어
볼품없이 쪼그라든 바가지로
기우지 못한 누더기처럼 군데군데 얼룩진
흔들리는 물속 그림자 한 손으로 가리고
천천히 고개 숙여
물 한 모금
떠마셨다
엊그제 일은 까마득한 옛 일처럼 기억하지 못해도
수십 년 전 어린 시절 내가 저질렀던 일은
하나하나 또렷이 되살리는
어머니
옛 우물 앞에서
이 세상 누구와도 척지고 살지 말아라
아무리 급하고 어려워도 막말은 하지 말아라

젖은 물수건 쥐어짜듯
마르지 않는 아픈 기억
퍼내고 또 퍼내시며
물 한 모금
떠주셨다
바위가 울음 울어 다시 고이는
옛 우물 앞에서

보폭

강물의 보폭은 일정하여
걸음을 서두르지 않고
먼 곳에서 천천히 걸어와
강가의 나무 그림자를 밀어내며
다시 그 걸음으로
시야에서 멀어진다

바람은 언제나 그 보폭으로 달려와서
순서대로 풀잎의 어깨를 흔들어놓고
시누대 사이를 지나
굴참나무 잎에 잠시 앉았다가
흔적 없이
소나무 옆을 빠져나간다

늘 나를 추월하는 사람들은
경적을 울리고 하이빔을 비추면서
숨이 넘어갈 듯 내 옆을 스쳐가는데
내가 보폭을 조금 넓히려고 할 때마다
횡경막이 움찔하며
엇박자로 길을 벗어나는 것은

느리지도 않고

빠르지도 않게

걸어서 천 년을

또 걸어서

천 년을

나의 보폭으로 가라는 뜻이다

강가의 나무 그림자가

그 자리에 길게 드리워져 있는 것처럼

사비츠키 박물관

카라칼팍스탄의 수도인 사막의 도시
누쿠스에는 사비츠키 박물관이 있다네

스탈린 체제에 저항하는 자신의 예술세계를 숨기기 위해
전기공으로 신분을 위장한 이고르 사비츠키가
사막의 바람 속으로 몸을 숨겼던 곳

끝내 모스크바를 떠나 변방의 도시 누쿠스에 와서
고고학자로, 아방가르드 작품수집가로, 화가로
생의 혼을 불살랐던 곳

미술관 겸 박물관을 짓고 수집한 작품을 기증하여
누쿠스라는 도시에 생명을 불어넣고는
표표히 사막 속으로 걸어간 사람

오늘도 사비츠키 박물관 공원 광장에선
하루 서너 번 결혼사진 촬영을 하는
신혼부부들이 사비츠키 이름 앞에
사랑과 영혼을 바치고 있다네

3부

궤적軌跡

그날 이후
어디를 가든지 느티나무만 보면
강화도 전등사 뒤편의
느티나무가 흔들리며 걸어온다
현미경으로 들여다보지 않아도
남몰래 흐르는 눈물 얼마나 닦으며 살아왔는지
다 닳은, 굽 높은 구두 뒤축이나
한 쪽 구석 없는 듯 놓여 있는 피아노
풀어헤친 발레-슈즈 끈을 어루만지는
조막손이 그립다
그리운 사람은
언제나 뒷모습만 남아서
화면 속으로 멀어지는 한 점 섬만 같아서
회색 머플러 목 뒤로 날리는 바람 같아서
우리가 살아가는 이유 묻고 답하며
강물 위를 걷고 걸어
그냥 여기까지

가시

복매운탕에 소주 한 잔 들이키며
세상을 향해 삿대질을 하는 친구는
늘 복어 가시가 목에 걸린다
날선 가시를 내려가게 하려면
날계란을 한 컵 쭈우욱 들이켜야 하는데
그럴 때마다 그 친구 앞에 있는 나도
푸석푸석한 말의 가시가 목에 걸린다

탱자나무 가시에 내장이 걸린
가오리연의 꼬리는
그냥 그대로 바람에 날리도록
놓아두더라도

스님의 장삼자락에 달라붙은
아카시아 가시 하나가
깊은 적막 속의
화두가 되듯이

살아가면서
풀리지 않는 일들이 모두

뾰쪽뾰쪽 끝이 살아 있는
가시가 되어
그 친구의 술잔 끝에서
내 목에
콕콕 들어와 박힌다

지푸라기처럼

누가 다녀갔는지
전등사 뒤편 언덕
잎이 푸른 느티나무 아래
몇 송이 꽃 위를
맴 도는
나비

산발머리로
흩어지는 바람을 따라가는
구부정한 뒷모습
돌아보며
가라고, 어서 가라고
흔드는 손

수정아파트 706호
화장실 벽면 떨어져 나간 타일 자리를 메우던
발레 슈즈, 피아노, 뭉개진 얼굴들이
지푸라기처럼
가볍게

무대 위에서
단 한번 탱고를 추던 그늘진 팔
조금씩 펴서
마른 살점을 저며주던
따뜻한
손

맞바람을 맞으며

철들어 지금까지
이를 갈며
살아왔는데
사랑니를 빼고 나니
이 갈 일이
없어졌다
각연사覺蓮寺
못 있던 자리
고요가 차오른다

어떤 넋두리

네가 그렇게 말하지 않아도
말 귀 다 알아들어
이 인정머리 없는 놈아
머리 검은 인간 거두지 말래더니
딱 네 놈 보고 하는 소리였구나
그래도 어디서 밥은 먹고 대니냐
나한테 와서 큰소리칠라믄
몸이라도 칠칠해야 할 거 아녀
이미 도망간 년 생각하믄 뭣혀
사지만 멀쩡하믄 뭔 일이든 못하겠냐
나도 인자 힘이 딸려서
강아지 같은 저것들만 없으면 콱 죽고 말 것인디
징하고 징한 게 사람 목숨이라
어떻게 할 수가 없네

새벽참에 불 나갔다는 소린
아직 못 들었제?

강물은 잠긴 문을 열지 않았다

한 무리의 투사들이
깃발을 흔들며 지나간 길 위에
흩어지는 가을빛은
내 희망의 파편으로 가득한
반짝이는 물비늘이었다

화면 가득 천천히 움직이는
알몸의 정사처럼
넓은 아파트의 베란다에
무성음의 장중한 폭포가
쏟아지고 있었지

강변에 모인 사람들 옷자락에 묻어
강물을 끌어당기며
저절로 길을 여는 가을빛은
등짐 무거운 시장으로 흘러들어
아주 가끔 가녀린 꿈을 내려놓는다

색 바랜 초원 위에
드문드문 유목민이 살았던

게르의 문은 닫혀 있고
멀리 말 달리는 아이에게 오라고 손짓해도
강물은 잠긴 문을 열지 않았다

구석진 자리

곰탕집 하동관에서
점심식사를 할 때나
인사동 골목 허름한 한식집에서
저녁 모임을 할 때면
초개 선생은
늘 구석진 자리를 찾곤 하셨다
평생 글을 쓰고
공연을 보고
예술가의 초상을 그리며
만나는 사람의 두 손 안에
살점을 조금씩 저며주시던
초개 선생이
항상 앉아 있던 그 자리
비 오고 바람 불어도
전등사 뒤편 느티나무의
숨결은 여전하다고
낡은 흑백 피아노 옆에
분홍색 토슈즈 한 켤레
끈을 풀어헤친 채
내 방 한 켠

구석진 자리에
쓸쓸하게 놓여 있는
선생의 기일 저녁에

잡초論

나는 안다
어느 순간 날카로운 낫이
내 허리를 자를지
철판으로 무장한 단단한 삽날이
내 몸의 뿌리를 송두리째 뽑아서 엎어버릴지
언제든지 알곡을 위해 희생하는 것이
내가 가야 할 길이라면
알곡이 딛고 일어서기 편하게
바닥을 다져주는 것이 내 역할이라면
그러기에 나는 안다
쇠비름이든 개비름이든
질경이나 강아지풀이나 바랭이나 개망초나
달개비처럼 방동사니처럼
늦가을 문풍지 소리같이 가벼운 내 이름 앞에
주어진 시간이 많지 않아서
굳세게 줄기를 뻗어야 하고
땅속 깊이깊이 질긴 뿌리를 몰래 내려야 한다는 것을
원색의 화려한 꽃으로 내 몸을 치장해서
잠깐이라도 유혹해보고 싶은,
그러므로 삼류라고 그렇게 강조하지 않아도

나는 안다
알곡의 무대를 위해
무거운 짐을 날라야 하고
화려한 조명 뒤에서 알곡이 더욱 빛날 수 있도록
어두운 배경이 되고
무대의 뒷정리를 말끔하게 한 뒤에도
다시 숨 가쁘게 달려와
알곡의 주위를 감싸는 것은
알알이 꽉 찬 사유의 깊이로
물무늬처럼 널리 퍼지는
환한 알곡의 빛무리에 취하고 싶어서인 것을

우화를 읽다

스마트한 그녀와 동거를 시작한 이후부터
나는 수시로 바보가 된다
매끈한 그녀의 몸이 부루부루 떨리거나
시도 때도 없이, 야반삼경을 가리지 않고
클래식 음악을 틀어댈 때마다
그녀를 붙잡고 울고 웃는 나를 본다
때로는 두 손의 적막을 견딜 수 없도록
내 영혼을 쏙 빼가는 그녀 때문에
나는 내가 사는 집의 전화번호를 기억하지 못한다
만약 그녀가 나와 함께하지 못하면
바람이 지나는 길목 어디쯤, 등을 구부리면 닿을 거리에 있는
좋아하는 친구들의 연락처조차 알 수가 없다
스마트한 그녀를 화장실에 남겨두고 나온 어느 날
주민등록증도 없이 주민등록 등본을 떼려다가
주민등록 번호가 기억나지 않았던 그날
무작정 길거리를 헤매다가
나는 스스로 행방불명자가 되었다

오독의 조건

'바람 풍'이라 말해도
'바담 풍'이라 들을 때

'그게 바로 맵시라는 거요'라고 하면
곧바로 맵시를 찾아헤맬 때

칫솔 머리빗 시계 안경 등이
내 삶을 장식하는 것들이라고 말해야 할 때

고전 몇 줄 인용하려는 당신의 그림자가 너무 진해서
눈물처럼 떨어지는 일몰 장면을 가릴 때

주어 술어가 제 위치를 찾지 못하고
중언부언하는 말들이 공중을 부유할 때

앞사람을 지시하는지 옆사람을 이르는지
수식하는 말의 끝이 뭉툭하게 뭉개져 있을 때

나는 오늘도 당신이 읽은
나를 오독하며 길을 걷고 있다

삽질

이랑을 만들고
고랑을 다듬고
묻힌 돌을 파낸다
흙을 뒤집어
씨를 뿌린다
한 삽 또 한 삽
삽날을 묻었다가 들어낼 때
땀 한 방울 삽날 위에 떨어져
땅에 스민다
거룩하다, 삽질!

'포위'와 '장전'이
마구 날아다니는
포대 아래서
맨땅을 뒤집고 엎어
삽질한다
한 삽 또 한 삽
말도 되지 않는 말을
파고 파고 파내서
서로 주고받는다
비루하다, 삽질!

따뜻한 언덕

새끼 염소 두 마리 자꾸 몸을 비벼대는
따뜻한 봄 언덕은
올망졸망 모여 재잘거리는
키 작은 야생화들을 품고 있다

연락 없던 후배가 갑자기 찾아와서
진로를 고민하며 차 한 잔을 하고 가고
멀리 사는 조카가 취직을 걱정하며
전화를 걸어온다

아직도 내 손으로
단단한 흙벽돌 한 장 쌓아놓지 못했는데
따뜻한 언덕 아래
옹기종기 야생화가 피어오른다

옆구리 앵글
― 유병용의 인스탁스 사진

늘 옆구리에서 앵글을 잡는
사진가 유병용의
언어는 정직하다
메마른 빨랫줄 위를 걸어다니는
인체의 흔적
그래서 벗은 몸은 언제나
할 말을 속으로 삭인다
자물쇠가 채워진 문 앞에
아홉 켤레 신발이
가지런히 정리되어 있는 것처럼
때로는 화면에 가득한
묵음,
환청 같은 비명이
내 머리를 더듬고 간다

탈선脫線

열차는 늘 평행선인 선로 위를 달리지만
속도가 빨라질수록
열차 안에 있는 그는
선을 이탈하고 싶은 욕망을 꿈꾼다

물 젖은 산과 마른 산 사이에서,
시커먼 터널을 지나다가,
잔잔하게 흐르는 강물 위로 덜컹거리며 비껴가는 철교를
보며,
그러다가,
그의 생각이 최고조로 깊어지는
바로, 그 순간에
열차는 탈선을 감행했던 것이다

평행선을 달리는 열차의 속도가 빨라질수록
꽉 막힌 선을 벗어나고만 싶어
그의 실핏줄이
터졌던 것이다

봄, 징후

새로 길을 내는 공사장에 전봇대가 불편하다면
옮기거나 뽑아버려야지…
걸리적거리는 전봇대를
이빨이 아파서 음식을 씹는데 불편하다면
이빨을 도려내버려야지…
썩은 이빨을
놀고먹는 공무원 수가 많다면
전부 잘라버려야지…
보기 싫은 공무원을
부실한 밑둥 때문에 꽃이 피지 않는다면
나무를 뿌리째 파버려야지…
실용적이지 못한 나무를
5년마다 녹음기에서 흘러나오는
대한민국의 유행가를
따라 읊조리며
문득 생각하니
가평군 북면 재령리의 사과나무가
이제 몸을 풀겠구나
가지가 잘려나가는 아픔을 겪겠구나
새콤한 시골 거름 냄새가 코를 적시겠구나

하얀 꽃 분홍 꽃 사과꽃이 필 때쯤
온다던 순이는 오지 않고
그 옆의 개울가 야생 뽕나무에
검붉은 오디만 열리겠구나
얼큰하게 취해서 퇴비를 뒤집는
김씨 아저씨 목소리가
재령리 뒷산을 울리겠구나

가을에 사과값을 제대로 받으려면
봄에 농림부를 없애버려야지…
그렇지?

안전한 거리

경부고속도로를 달릴 때
흰 색 앞차와
검은 색 내 차의 거리는
얼마나 떨어져야 안전한가?

391번 지방도로의 커브길에서
앞차와 부딪치지 않으려면
나는 어느 정도의 거리를 두고
가야만 할까?

사랑의 열병을 앓고 있는 후배가
그의 애인의
따뜻한 겨드랑이까지 다가가려면
몇 미터쯤의 안전거리가 필요할까?

이제 막 취직을 한 조카가
그의 부장에게 신뢰를 얻으려면
어느 만큼의 보폭으로
뒤에서 천천히 걸어가야 할 것인가?

신세를 지고 있는 내 친구 A에게
늘 가까이 가고 싶지만
나는 왜 말과 생각과 행동으로
다시 안전한 거리를 계산하고 있는 걸까?

동행 1

빈 집으로 날아든
개미잡이붉은배딱따구리 두 마리

산간마을 깊은 고요를 한 장씩 뜯고 있다

오래된
대추나무의
허리춤이 아파왔다

따다닥 딱 딱 따다닥 딱 딱
경전을 읽는 동안

나무 속살의 나이테가 빗금으로 드러났다

하안거
끝난 마을에
남아 있는 화두 몇 알

4부

아직도

'산 자여 따르라'
이 대목에 이르면 아직도
나는 늘 뭉클해져 눈물이 나네
따르지 못하고
살 만큼 살아온 나는
산다는 일이
부끄러워 눈물이 나네
반성하는 일도
사람의 일이라면
죽을 때까지
눈물 흘려도 좋으리
돌멩이 한번 던지지 못하고
머리띠 한번 묶어보지 못했으니
산 자가 따르는 일이란
아직도 그저 부끄러움뿐이리

비에 젖는 이력서

경주박물관에 가서
토우를 보고 온 날 저녁
내 이력서는
비에 젖고 있었다

애써 만년필로 그려넣은
후줄근한 이력들이
빗물에 번져
흐려지고 있었다

옹벽 공사할 때 박아넣는 말뚝처럼
굳건하게 심지를 세워
다시 몇 미터쯤 굳은 땅을
파내려가는 것은

저물녘 길가 좌판의 야채와 과일이
한때 눈부셨던 이력을 앞세워서
빗물을 통통 받아치며
함께 뒤섞이고 있었기 때문이다

미소공장

용접공장에는 뜨거운 열정을 쏟아부어
서로 떨어지지 않게 하려는 불꽃이 튀고 있지

벽돌공장에는 용모 단정한 모범학생 같은
네모반듯한 벽돌이 쌓여 있지

주물공장에는 온갖 세파의 흔적을 다 녹여서
마음이 든든하고 내면이 단단한 물건들이 나오지

미소공장에는 하얀 날개를 달고 연꽃 같은 미소로
우리 주위를 유영하는 천사들이 살고 있지

미소공장의 천사들은
누구도 가지 않는 그 길을 먼저 가서

우리에게 언제나 가슴을 쭈욱 펴고
당당하게 걸어오라고 손짓하고 있지

위치 검색

스마트폰으로 위치 검색을 하면
현재 내가 서 있는 위치가
정확히 드러난다
앞뒤로 뭐가 있는지
좌우로 누가 있는지
사진 찍고 녹음하고 있기 때문에
무슨 내용으로 어떻게 움직일지
말과 행동을
함부로 할 수가 없다
아버지가 돌아가시기 전에
유언처럼 내게 해주신 말씀은
— 남 앞에 서지 마라
남 앞에 서더라도
말을 많이 하지 마라 —
그것은 전. 후. 좌. 우.
내가 서야 할 위치를
정확히 알라는 말씀이셨다

철거지역 풍경

철거지역에 숨어든
도둑고양이
천지가 제 세상처럼
여기는 것도 한때이겠지
살수차로 뿌려대는 저 수압을
이겨내기는 아무래도 어려울 거야
좁은 블록담 구멍 사이로
화사하게 봄을 맞는
개나리꽃
그렇게 꽃을 피우는 일이
어쩌면 올해가 마지막일지 몰라
아마도 뿌리째 뽑혀
온몸이 순식간에 짓이겨질 거야
낡은 바구니 안에
흑백 사진 몇 장 남겨놓은
그 사람 또 어디서
회색 블록담을 쌓고 있을까

나도 저항할 수 있을까
— 이중성二重性에 대하여

염소는 참 맛있게 풀을 뜯어먹는다
매일 한결같이 웃음 띤 얼굴로
품위와 품격을 갖추어 말해야 하는
나도 때로는
잘못된 것에 대해 저항할 수 있을까
염소는 맛있게 풀을 뜯어먹는다
출근해서 퇴근할 때까지 온종일
업무에만 몰두하고 단 일 초라도 해찰하지 않는
나도 때로는
부정한 것에 대해 저항할 수 있을까
염소는 풀을 뜯어먹는다
길바닥에 쓰레기를 버리지 않고
가래침을 뱉지 않으며 타인에게 늘 예의를 갖추는
나도 때로는
무례한 것에 대해 저항할 수 있을까
염소는 풀을 먹는다
염소가 풀을 먹는 모습을 유심히 관찰하면
알 수 있으리라.
염소는 참으로 맛있게 풀을 뜯어 먹는다

텃골

그때 문혜리 텃골에서
○○부대 하사였던 나는
완전군장에 몇 날 밤을 설치며
궁시렁궁시렁댔었지
아무것도, 아무것도 모른
텃골 ○○부대 하사였었지
내 고향 남쪽 도시
불타는 방송국
질질 끌려나가는 사람 사람들
도대체 뭔 일인가 했었지
뭔 일인지 알고 나서도
난 말 못하고 살았어
제대 후 직장에서도
난 말 못하고 살았어
고향이 다른 사람들이
다른 말을 할 때도
나는 그냥 꾹 꾹 누르며 살았어
그저 그저 그것이 부끄러워
사는 일이, 살아가는 일이 부끄러워
살 만큼 살아온 지금도 부끄럽고
죽을 때도 부끄러워할 거야

서대문형무소

안산 둘레길을 걸어서 한 바퀴 돌다가
내려오기 직전 아래를 내려다보면
서대문형무소 자리가 한눈에 들어온다
그곳에 서서 잠시 숨을 고르는 사이
아내는 내게 항상 같은 질문을 던진다
"적어도 문인이라면
언행이 일치되는 삶을
살아야 하지 않겠느냐"
그 한마디는 나를 늘 부끄럽게 한다
굳이 역사 기록을 들추어보지 않더라도
서대문형무소가 어떤 곳인지는
익히 알고 있지만
'미와 와사부로三輪和三郎'
일본인 고등계 형사의 이름을
내가 기억하려고 애쓰는 것은
그 놈 앞에서 치욕을 당해야 했던
독립투사들의 모습이 스쳐가기 때문이고
식민지시대에 살았던 저명한 문인들에 대해
그들이 남긴 빼어난 문학작품과
그들이 행한 친일의 행적은

구분하여 평가하자고 외치는 사람들의

쉰내가 진동하는 목소리를 생각하기 때문이다

밑줄을 그으며

"이런 거짓말들이 고쳐져야만
민족의 혼이 바로선다.
혼이 없는 사람이 시체이듯이,
혼이 없는 민족도 죽은 민족이다.
역사는 꾸며서도
과장해서도 안 되며
진실만을 밝혀서
혼의 양식으로 삼아야 한다."

— 임종국, 『실록친일파』 서문 중에서

옷매무새를 가다듬고 이 책을 읽었다.
냉수 한 그릇을 옆에 놓고 읽기도 하고
간혹 한숨과 탄식을 내뱉으며 읽었다.
오래 전에 읽었는데
다시 읽었고
그어놓은 밑줄에 또 밑줄을 그어가며
읽었다.

100

"새로 고침"

컴퓨터 화면을 들여다보며
실적을 체크하고 있다가
드러난 숫자가 마음에 들지 않을 때는
"새로 고침" 버튼을 누른다
화면이 백지로 지워졌다가
다시 숫자를 표시하면서
여러 가지 지수를 담고 있는 그래프가
마술처럼 그려진다
때로는 내 왼쪽 가슴에 붙어 있는
검은 점을 살짝 누르면
내 몸의 모든 실핏줄들이
잠깐 멈춰졌다 다시 피가 흐르면서
그래프가 다시 그려지듯
지금까지 담아온 내 생각들이 전부
새로 고쳐졌으면 좋겠다

영주

토요일 오전 근무를 마치고
근처 포장마차에서 소주를 마셨다.
수출공단 공장 굴뚝에서 밤을 새워 퍼올리는 연기는
국가 수출 실적을 올려주는 근거가 되고 있었다.

몇 순배의 술이 돌았고 다시 술잔을 주고받은 후에
아마 서로 뿔뿔이 흩어졌을 것이다.
아마 서로 각자 가야 할 길을 갔을 것이다.
날은 이미 어두워졌고
나도 아마 서울행 전철을 탔을 것이다.

한밤중에 청량리역에서 중앙선을 탔던 것일까?
문득 잠이 깨서 내린 곳은
영주역이었다. 영주.
그날 새벽 그 이름만으로도 체온이 뜨거워지는
몽환의 도시 영주는 눈물 같은
이슬을 머금고 있었다.
나를 감싸고도는 새벽 공기에 취해
작은 역사를 거니는데 별안간 내 몸이
출렁하면서 공중으로 들어올려졌다.

초가을 새벽 공기는 서늘했고
영주역은 내게 뜨거운 기운으로 충만했다.
희방사와 부석사를 한 바퀴 돌고
다시 돌아온 서울은 일상의 평온을
그대로 유지하고 있었다.

월요일 수출공단의 아침은 활기가 넘쳤는데
일터의 창구에서 나를 뚫어지게 쳐다보고 있던 당신, 영주.
그해 가을 그날 아침 그렇게 나는 영주를 만났고
그해 가을 그날 아침 그렇게 영주는 긴 여행을 떠났다.

효성동

제대를 하고 나서
빈주먹 휘두르며
하루를 벌고 하루를 먹기 위해
찾아간 곳, 효성동.
드문드문 서 있는 나무들의
뒤태에 얼룩이 어룽져서
상처의 흔적이 넓어지고 있었다.
그릇 만드는 소리, 악기 만드는 소리
어떤 소리들이
단전에서 목으로 올라오는 길목에서
긴 그늘이 드리워질 때
여기저기 둔중하고 탁한 사건들이 돌아나가는
공단 안의 모든 길은 미로였고
사람들은 모두 바빴지만,
감청색 근무복을 입고 오가던
여자들의 눈은 예뻤다.
어느 날 문득 흘러가는 물소리에 섞여든
낯선 이물질처럼 사람과 사람 사이를
연결하는 눈물 같은 질문 하나가
백마장 담벼락을 지키고 있었다.

미스터 쌤이 누구예요?

내 청춘, 내 사랑이

미스터 쌤을 향해 송두리째 빠져든 그 시절.

내 기억 속에서 효성동은

아름다운 사랑의 다른 이름으로,

골절된 삶의 한 가닥

지나온 시간을 아로새기는

뼈의 가루가 되어

부평역에서 서울역을 오가던

삼화고속 차창 밖으로

천천히 흩어지고 있었다.

야크 털모자

차마고도 여행길에 사온 모자에선
야크의 살 냄새가 났다
고산지대 약초를 뜯어먹고 사는 야크는
버릴 게 하나도 없다는데
야크의 털모자에선
설산 물을 머금은
약초 냄새가 났다
그 모자를 쓰고 외출했다가 돌아오면

천천히 걷는
허리 곧은 야크의
지도가 그려졌다

기린의 뒷발차기

그저 묵묵히 일만 하는 그는
주위가 아무리 소란스러워도
좀처럼 고개를 돌리는 법이 없다
심산유곡에서 수십 년
수도를 한 것도 아닌데
이러저러한 세상일에
별로 관심이 없는 듯
마치 기린이 목을 길게 빼고
개미들이 움직이는 땅을 내려다보며
그저 풀잎이나 뜯어먹겠다는 듯,
별로 말이 없던 그가 어느 날
호랑이나 사자도
속수무책 당하고 마는
기린의 뒷발차기처럼
옆사람 뒷덜미를
순식간에 가격한 것을
나는 분명히 보고 만 것이다

감자 세 알

땅 밑 속살이 꿈틀대는 봄에
겉모양이 예쁜 감자 씨를 사다가
네 토막으로 갈라서
정성을 다해 재를 바른 다음
일주일을 말렸다가
이랑 한가운데 한 뼘 깊이로 파고
한 알씩 묻고 나서
하지가 지난 어느 비가 개인 날 오후에
물기 머금은 땅을 파니
줄기 한 그루에 감자 아홉 알이 달려나왔다
세 알은 굵고 빛이 나고
세 알은 중간 정도의 크기
세 알은 작고 힘에 겨운 듯
매일 새벽 눈을 뜰 때마다
감자알처럼 머리속에 달려나오는
많은 생각을 정리해야겠다
쓸 만한 것 세 가지만 가지고
세상에 나서야겠다
키워야 할 세 가지는 좀 더 자라도록
머리속에 두기로 했다

어디에 내놓아도 버티기 힘든 가냘픈 생각일랑
아예 버려야겠다

돌과 나무의 대화

다른 사람 힘을 빌려
내 역할을 찾곤 했어

내 스스로 하늘 향해 신호는 못 보내지

단단한 마음 하나로
이 세상을 버티는 거야

스쳐가는 바람을
잡아두고 싶었어

군살 없는 내 몸이 절정일 때 잘리는 거지

숨겨둔 뿌리가 있으니
미련 없이 가는 거야

어느 집 주춧돌에
네 몸이 얹혀질 때

그 무게를 견디면서 연모의 정 나누는 거지

더불어 살아가는 날
또 천 년을 꿈꾸는 거지

야크 털모자를 쓰고 조금만 더, 조금만 더

우대식/ 시인

김삼환 시인은 언제나 웃고 있다. 사람 좋은 웃음 뒤에 단단하게 새겨진 삶의 옹이가 그의 문학을 견인해왔을 것이라고 막연하게 생각해오던 차에 이번 시집을 읽으며 다시 고개를 끄덕이게 되었다. 사람 노릇, 시인 노릇 하기가 어려운 세상을 살고 있음은 다시 말할 필요도 없을 터이지만 범속한 듯하면서도 내면에 쌓아온 삶과 문학에 대한 연륜에서 빚어내는 그의 관대함은 하나의 깊은 인상으로 남아 있었다. 몇 번인가 술자리에서 조우하면서도 느낀 바는 서양 배우 같은 외모를 하고도 늘 소슬한 정자 한 칸을 연상케 하는 이미지 같은 것이었다.

김삼환 시인의 고향이 강진이라는 것을 알고 나니 시가 고향을 닮는다는 속설에도 어느 정도 긍정이 되는 바가 있었다. 시집 첫 장 「시인의 말」을 읽으며 그가 시의 절정으로 가려고 숨을 몰아쉬고 있다는 것을 감지할 수 있었다.

'시간의 흐름은/ 인식의 순간에만 의미를 갖는다.// 멀리 물이 있는 곳을 향해 걸어갔으나/ 가서 보면 신기루였다// 여기서 북극성까지 가려면/ 얼마나 더 가야 할까?// 그래도 천천히, 천천히/ 조금만 더, 조금만 더,'라는 성찰과 의지의 발현은 진정으로 시를 써온 이들의 종국을 유감없이 보여준다. 인식과 결합되지 않은 시간이 존재자와는 아무런 관련이 없다는 것은 그가 일상을 인식의 전장에서 살고 있다는 반증이 된다. 시간을 인식의 순간으로 치환해내는 일이란 괴롭기 짝이 없는 일일 터이지만 그 치열성이야말로 그에게는 시의 다른 이름일 것이다.

또한 신기루나 북극성을 향해 간다는 것은 패배의 운명을 감수한다는 것을 의미한다. 패배의 운명을 감수하고도 가야 하는 시의 길에 대한 지향은 그의 시에서 빚어지는 풍만한 비극성의 기원이 된다. 시인 누구나 포복하듯 기어가다 시의 어느 정거장에서 하차할 것이다. 그 운명에 대한 자발적 선택자가 시인이다.

이번 시집에서 먼저 눈에 띤 것은 여러 시편들이 자신을 들여다보는 자화상의 형식을 하고 있다는 것이다.

창문도 반만 열린, 반지하방 한 쪽 벽에
아침 햇살을 풀어 그린 꽃그림이 걸려 있다

오가는 길을 비켜 몰래 눈을 마주쳐도
그 눈 속에 있는 말을 전할 수가 없어서

창틈으로 기웃거리는 햇살을 가져오면
가슴에 묻은 것들 벽에 함께 버무려져

마음속의 말이 굳어 배경이 되고 마는
반지하 어둔 방을 밝혀주는 눈물꽃

팔을 뻗어도 입술까진 닿지 못해서
그 그림을 그대로 바라만 보고 있는

찬바람 부는 그 길, 골목 같은 한 세상
돌고 돌고 휘돌아 다시 돌아나올 때까지

벽에 피는 상사화
상사화는 눈물꽃

—「눈물꽃」전문

　　이 시는 반지하방에 어른거리는 햇살이 빚어내는 문양을
'눈물꽃'이라는 형상으로 그리고 있다. 그러나 이 눈물꽃은
다분히 시적 화자의 내면을 고스란히 그리고 있다는 점에
서 대상에 대한 투사의 형식을 띠고 있다. "오가는 길을 비
켜 몰래 눈을 마주쳐도/ 그 눈 속에 있는 말을 전할 수가 없"
다는 것은 주체와 대상 사이에 전적으로 화합할 수 없는 상
황을 가정하고 있다. 실제 현상으로서의 햇살은 여일할 터
이지만 그 대상에 심리를 투영한 시적 화자의 입장에서는

끊임없이 변화하고 움직이는 실체인 것이다. 햇살이 그려내는 문양은 늘 같은 것이지만 "가슴에 묻은 것들 벽에 함께 버무"르고 "마음속의 말이 굳어 배경이" 된다는 것은 가시적 세계와는 전혀 다른 환상의 세계를 창조하는 것이다.

이렇게 창조된 것이 "상사화"이며 "눈물꽃"이다. 그 문양은 누구도 볼 수 없고 시적 화자만이 볼 수 있는 심상이라 할 수 있다. 내면에 피어난 "눈물꽃"이 가진 비극성은 "상사화"와의 등가성으로 인해 더욱 확장된다. 반지하방에 피어난 눈물꽃과 상사화는 환幻의 구조를 띠며 끝내 현실적으로 성립될 수 없는 대상에 대한 그리움으로 부풀어 있는 것이다. 결국 아침 햇살이라는 대상과 시적 화자의 내면의 결합이 하나의 형상을 만들어낸 것이고 이 형상은 스스로가 그려낸 자화상의 모습을 하고 있다.

현실적 인과를 말할 수는 없지만 보이는 것과 보이지 않는 것의 경계 속에서 "찬바람 부는 그 길, 골목 같은 한 세상"을 살아가는 자신의 상징으로서 "눈물꽃"을 처연하게 그리고 있다. 자신을 들여다보고자 하는 욕망은 각성된 자아의 한 특성이라 할 수 있다. "수없이 많은 꽃이 피었다가 지는 동안에/ 걷고 있는 이 길이 흔들리지 않게/ 길 위에 떠도는 내 말의 여음餘音을 들을 수 있으면 좋겠다"(「저울은 그림자의 무게를 재지 않는다」 부분)는 바람에서도 구체성이 제거된 상태의 소리인 "여음餘音"을 듣고 싶다는 욕망을 보여준다. 여음을 듣고 있는 시간에 자신이 걷는 길이 흔들리지 않는다는 고백은 시인으로서의 자의식을 담고 있다. 어쩌면 여음이란 시 이전 상태의 말 혹은 시 이후 말의 잔향과 같은 것이다.

「눈물꽃」이나 「저울은 그림자의 무게를 재지 않는다」와 같은 시에는 가시적 세계와 비가시적 세계 사이에 위치한 시인의 복잡한 내면이 담겨 있다. 좀 더 구체적인 자아의 모습을 보여주는 것이 아래의 시이다.

> 곁눈질하지 않고 쭉 쭉 뻗어올라가면서
> 결대로만 살아온 사람들의 삶을
> 고스란히 드러내며 쪼개지는 장작
> 잘 쪼개지지 않는 장작과 대화하기란 늘 힘에 겹다
> 짧은 여름 긴 겨울 속에서
> 볕을 향한 연모도 아주 잠시
> 걷고 있는 길이 구불구불 얽히고설켜
> 오르막과 내리막이 많은 복잡한 여정의 기록
> 마음을 닫아 켜켜이 쌓이는 암덩어리처럼
> 군데군데 박힌 단단한 옹이
> 아무리 날선 도끼로 내리쳐도
> 정수리를 쪼개지 못하고
> 왼쪽이나 오른쪽 변죽만 건드리고 만다
> 끝내 단면도를 보여주지 않고
> 마음의 실체를 숨긴 채
> 잘려나간 팔다리
> 생각이 복잡하여
> 내리지 못한

결론

—「장작을 패면서」 부분

이 시를 시인의 '시론'으로 읽어도 좋겠다 싶을 정도로 시 형상화 과정의 상징성을 여실히 보여준다. 장작은 두 가지 종류가 있다. 굴곡 없이 결대로 잘 쪼개지는 장작과 얽히고설켜 날이 선 도끼도 제대로 쪼갤 수 없는 장작. 이 장작은 다분히 삶의 과정을 알레고리로 보여준다. 시인이 관심을 가지고 있는 것은 "오르막과 내리막이 많은 복잡한 여정의 기록"을 담고 있는 잘 쪼개지지 않는 장작이다. 도끼는 늘 장작의 "정수리"를 겨냥하지만 "왼쪽이나 오른쪽 변죽만 건드리고" 마는 까닭은 "군데군데 박힌 단단한 옹이" 때문이다. 잘 쪼개지지 않는 장작은 팔다리가 잘려나가도 끝내 마음을 숨긴 채 침묵한다.

앞에 말한 바대로 잘 쪼개지지 않는 장작을 도끼로 패는 과정은 시작의 과정이기도 하며 동시에 마음의 행방을 찾지 못한 시적 화자의 등가물이 잘 쪼개지지 않는 장작이다. 시란 형이상학적 결핍에서 비롯된다고 할 때 그 결핍은 옹이에 해당될 것이다. "마음을 닫아 켜켜이 쌓이는 암덩어리"는 시적 화자의 입장에서는 결핍의 흔적이자 결핍을 메우기 위한 고투의 흔적이기도 하다. 삶의 내력이란 치욕의 흔적을 담고 있으며 그 흔적을 보여주지 않기 위하여 또 다시 필사의 싸움을 하는 것이다.

우리가 삶이라고 뭉뚱그려 말하지만 잘 쪼개지지 않는 장작처럼 빛을 향하여 자신의 모진 환경을 뚫고 나왔을 때 뒤틀어진 마음과 육신을 만나게 된다. 어쩌면 시인은 잘 쪼개지지 않는 장작에서 자신의 모습을 본 것인지도 모른다. "복잡한 여정의 기록"은 이 세계의 잘 쪼개지지 않는 장작들을 위한 연민이자 헌사라 할 수 있다. 「사막어록」 연작들도 사실은 나는 누구이고 어디로 가는가에 대한 탐구라는 점에서 시인의 초상이 이면에 새겨져 있다.

이제야 비로소 나는 여기 와서
사람을 사랑할 자격을 얻었다

하란 산맥을 넘어 텅거리 사막을 횡단하는 바람이
등을 구부리고 낮게 불어와 흐물흐물한 해를 밀어내는
저녁 무렵에 내 몸에서 빠져나온 벌레들이 모래 속을 헤집어
손금 같은 선을 그으며 가고 있었다

선을 따라 내 노트에 적힌 미움의 기록들을
하나하나 모래 속에 묻었다 내 이력 속에 얼룩처럼 묻어 있는
몇 번의 욕설과 몇 번의 무례와 치욕, 몇 번의 눈물 섞인 안타까움도
함께 묻었다 모래 위를 쓰다듬는 키를 낮춘 바람의
부드러운 손을 볼 줄 아는 눈을 얻었다

그 자격증 하나 얻기 위해 이 먼 길을 돌아왔으니

벌레들이 빠져나간 텅 빈 몸으로 텅거리 사막을

걷고 또 걸으며 나는 다시 사람을 사랑할 자격을 얻었다

—「사막어록 2」 전문

"사람을 사랑할 자격을 얻었다"는 시적 발언은 아름답고도 매우 의미심장하다. 사람을 사랑할 수 있는 '자격증' 하나를 얻기 위해 먼 길을 돌아왔다는 고백은 인생의 최종 목적이 사랑이었다는 것을 의미하기 때문이다. "내 이력 속에 얼룩처럼 묻어 있는" "무례와 치욕"을 사막에 묻고 나서야 "부드러운 손을 볼 줄 아는 눈을 얻었다"는 것도 사막이 가진 상징성과 관련이 깊을 터이다. 시련과 정화의 상징으로서 사막은 시인으로 하여금 새로운 사원을 모래 위에 만들게 한 것이다.

사랑의 사원, 그곳에는 걸을 수 없는 자들은 도달할 수 없다. "그는 지금도 무겁게 등짐을 지고 사막 위를 타박타박 걷고 있을 것이다 바람은 순간순간 모래 위에 새겨지는 그의 삶의 흔적을 하나하나 지우고 있을 것이다"(「사막어록 1」)에서 보듯 사막은 걷는 자의 땅이다. 모든 흔적이 지워졌다는 것은 삭제되었다는 의미라기보다는 고통의 시간을 견인했다는 의미에 가깝다. "밀교 수행자의 모습으로 그저 사막을 걷고 있을"(「사막어록 1」) 때 어느 날 사랑의 자격증이 주어진다. 사랑의 자격증은 현실적으로 교환의 가치를 가지는 것이 아니라는 점에서 현실적인 삶과는 다른 방식의 삶

을 지향하겠다는 의지를 포함하고 있다. 그것은 "무엇을 남길 것이냐 물어오는 모래바람"(「사막어록 5」)의 물음에 대한 답이기도 하다.

사랑의 자격증을 가지고 할 수 있는 일이란 모으는 것이 아니라 흩어버리는 일이며 가지는 것이 아니라 버리는 일이라는 점을 염두에 둔다면 시인의 지향점이 무엇인지 어렴풋이 이해가 될 듯도 하다. "살과 뼈를 모두 버리고 가볍디가벼운 몸으로 그 길의 심연을 걷"(「사막어록 1」)는 수행자가 도달한 사랑의 사원에서 피워내는 꽃이 김삼환 시인에게는 시의 다른 이름이라 할 것이다.

「토우土偶」 연작은 토우를 통해 연상된 구체적 대상과 관념을 그리고 있다. 예로 "당신", "그 사람", "그 여인"이라는 관념으로서의 대상들은 현실로부터 일정한 거리를 가지면서도 시적 화자의 내면과 미묘하게 결합되어 있다. "당신 몸엔 샘물처럼 향기가 고여 있다"(「토우 24」)고 발화했을 때 당신은 절대자의 형상을 보여주기도 하고 지고지순한 관념을 뜻하기도 한다. 반면 "말없는 운평선雲平線 위에// 몸을 눕힌// 친구여"(「토우 27」)라는 시구는 구체적 대상으로 친구의 형상을 보여주기도 한다.

토우란 동식물이든 사물을 흙으로 빚은 형상으로 가장 큰 특징은 세밀함을 버리고 과감한 생략을 바탕으로 한다는 것이다. 어쩌면 이 과감한 생략이야말로 시적 연상을 촉발하는 측면이 있을지도 모른다. 미결정된 형상 속에 어린 다양한 연상이야말로 시가 가진 형식적 특징과 일치하는 면이 크기 때문이다. 더구나 「토우土偶」 연작에서 보여주는 형상화 방식은 여백과 음보를 통해 운율을 만들어낸다는 점에서 시조 형식의 변형으로 보인다.

틈만 나면

성긴 창을

비집고 들어와선

어머니 무릎 속을

살강거린

샛바람

남향집

뒤안에서는

죽순들이 서걱인다

—「토우土偶 25」전문

이 시는 토우를 통해 어린 날의 한 풍경을 연상해냈다. 토우의 어떤 형상이 이 시의 동기가 되었을까 추측하는 일은 부질없는 일일 터이다. 그럼에도 불구하고 "다시 이 물 먹으면 손에 장을 지지겠다고/ 이름 석자 걸어 다짐하며/ 떠나온 고향의/ 옛 우물"(「옛 우물」)과 같은 시를 보면 어린 날의 결핍과 가난을 연관지어 이 시를 생각하게 된다. 그 옛 우물 앞에서 아마도 떠나는 아들에게 "이 세상 누구와도 척지고 살지 말아라/ 아무리 급하고 어려워도 막말은 하지 말아라"(「옛 우물」)고 당부하던 어머니는 그대로 고향의 표상인 것이다. 어린 형상을 한 토우에서 이 시가 비롯되었을 것이라고 막연히 생각해본다.

집을 떠나 세상을 떠돌던 어린 토우가 이제 이순의 토우가 되어 다시 옛 집을 더듬어 회상할 때 고스란히 감각으로 재현된다. 창호지로 바른 창문을 두드리던 바람과 어머니의 무릎, 그리고 뒤란의 서걱대던 죽순은 시적 화자가 어린 시절을 가장 평화롭게 재현해놓은 것이며 사무친 그리움을 절제한 장면이라 할 수 있다. 이순을 넘어선 토우가 옛 우물가를 찾아가 빌고 또 비는 모습을 연상하는 것이 지나친 비약만은 아닐 터이다.

김삼환의 시집에서 또 하나 눈여겨볼 부분은 김영태 시인에 대한 오마주 형식의 시편들이다. 김영태 시인은 시, 미술, 무용평론 등 여러 분야에서 보헤미안적 미학주의를 뽐냈던 분이다. 아마도 외환은행에 함께 근무했던 이력과 연분이 작용했을 터인데 재미있는 사실은 오마주 형식의 시편들이 김영태 시인의 시적 문법에 가깝다는 사실이다.

「짐노페디」 말야,/ 그 곡은 만지면 없는/ 가만히 있으면 있는/ 뭐랄까 그게……"(김영태, 「남몰래 흐르는 눈물 24」부분). 이 시는 정적 혹은 내밀한 거리의 미학을 바탕으로 한 김영태 시인의 미학주의의 정수를 보여주고 있는데 김삼환 시인의 시에서 이러한 형식을 만날 수 있다는 것은 색다르고 놀라운 측면이 있다.

사랑은
수시로 마주보며
서로가 눈빛으로 느끼는 것

아니 사랑은
때때로 적당한 거리에서
서로 체온을 나누는 것

간격으로 치자면
육도쯤 되는지 몰라

사랑은
멀리 떨어져 있어도
둘이서 한 곳을 보는 것

아니 사랑은
가까이 있어도
한마음으로 다른 길을 가는 것

간격으로 치자면

육도쯤 되는지 몰라

—「육도 간격의 산책」 전문

이 시 각주에 초개 김영태 시인의 캐리커처 모음집『육도 간격의 산책』의 제목을 인용하였다고 밝히고 있거니와 이 캐리커처는 한국의 대표적인 시인들이 망라되어 있다. '캐리커처'란 세밀화가 아닌 까닭에 특징적인 인상을 포착해 표현하는 방식이다. 대상을 바라보는 관점을 육도六度의 간격이라는 물리학적 수치로 표현하고 있는 김영태 시인의 책 제목은 김삼환 시인에게 깊은 영향을 주었다고 볼 수 있다. 대상에 대해 갖는 거리가 예술가에게는 미학적 거리라 할 수 있다.

김영태 시인의 시를 빌려 표현하자면 만지면 없고 가만히 있으면 있는 거리가 아마 육도 정도의 미학적 거리일 것이다. 이러한 미학적 태도를 그대로 끌어온 이 시는 사랑을 "적당한 거리에서/ 서로의 체온을 나누는 것"이며 "가까이 있어도/ 한마음으로 다른 길을 가는 것"이라고 규정하고 있다. 아마도 이 육도의 거리는 명징과 애매 혹은 의미와 무의미의 절묘한 거리를 의미하는 것일 터이다. "산발머리로/ 흩어지는 바람을 따라가는/ 구부정한 뒷모습/ 돌아보며/ 가라고, 어서 가라고/ 흔드는 손"(「지푸라기처럼」)의 정경은 김삼환 시인에게는 하나의 지울 수 없는 흑백사진처럼 가슴에 찍혀진 김영태 시인의 모습인 것이다.

김영태, 김종삼 같은 시인들은 분명 자신만의 미학적 거리를 가지고 있었고 시에 있어서 어느 순간도 균형을 흩트리지 않았다고 할 수 있다. 그 문학적 태도에 대한 동경이 김영태 시인에 대한 오마주 형식의 시편들을 낳게 된 것이다. "우리가 살아가는 이유 묻고 답하며"(「궤적軌跡」) 흔들리며 걸어오는 "강화도 전등사 뒤편의 느티나무"(「궤적」)는 김영태 시인의 초상이지만 김삼환 시인의 내면이 고스란히 투영되어 있는 사물이기도 하다. 「시인의 말」에서 밝힌 바대로 북극성을 찾아가고자 하는 의지의 표상인 것이다.

　이 시집에서 눈여겨볼 또 다른 하나는 소시민으로 살아온 자의 반성적 목소리이다. 「나도 저항할 수 있을까」(부제, 이 중성二重星에 대하여)에서 "잘못된 것에 저항할 수 있을까", "부정한 것에 저항할 수 있을까", "무례한 것에 저항할 수 있을까"라고 스스로에게 묻고 있다. 소시민으로서 "품위와 품격"을 갖추어 살아온 자신이 이 세계의 부당함에 저항할 수 있을까 묻는 장면은 자기인식의 혁신과 반성을 전제로 하는 것이다. 「텃골」이라는 시에서 그는 철원 문혜리 텃골에서 하사로 군대생활을 하면서 완전군장에 몇 날 밤을 설치며 불만에 차 있을 때 "내 고향 남쪽 도시"에서 방송국이 불타고 사람들이 끌려나갔다고 회고한다. "도대체 뭔 일인가 했었지/ 뭔 일인지 알고 나서도/ 난 말 못하고 살았지"라는 고백은 소시민의 전형적인 모습을 보여주는 것이다. "죽을 때도 부끄러워할 거야"라는 고백은 고향에 대한 원죄적 속성을 띠고 있다.

이러한 일련의 반성은 임종국 선생의 『실록 친일파』를 읽으며 "옷매무새를 가다듬고 이 책을 읽었다"(「밑줄을 그으며」)고 쓰고 있다. 현실적 관심으로의 도약은 "죽을 때까지/눈물 흘려도 좋"(「아직도」)다는 결의를 보여준다. 이 소시민의 각성은 시인의 내면에 증폭되어 "적어도 문인이라면/언행이 일치되는 삶을/살아야 하지 않겠느냐"(「서대문형무소」)는 아내의 말에 고개 숙여 공감하게 되는 것이다. 이러한 현실의식의 변화가 앞으로의 그의 시에 어떠한 뼈와 힘줄을 줄 것인가는 하나의 과제가 될 것이다.

차마고도 여행길에 사온 모자에선
야크의 살 냄새가 났다
고산지대 약초를 뜯어먹고 사는 야크는
버릴 게 하나도 없다는데
야크의 털모자에선
설산 물을 머금은
약초 냄새가 났다
그 모자를 쓰고 외출했다가 돌아오면

천천히 걷는
허리 곧은 야크의
지도가 그려졌다

—「야크 털모자」 전문

김삼환의 시집『일몰은 사막 끝에서 물음표를 남긴다』를 읽고 패배의 운명을 감수하며 자신의 시세계를 절정으로 끌어가고자 하는 김삼환 시인의 의지를 볼 수 있었다. 시의 길이란 신기루 같아 잡힐 듯 멀어지고 어느 날은 눈앞에 다가와 눈을 뜨면 사라지는 꿈 같은 것이기도 하다. 그래도 '조금만 더' 스스로를 달래며 걸어가는 저 길이란 아마 영원을 뜻하는 시간의 길이라 할 것이다. 앞의 시「야크 털모자」는, 시인의 한 표상인 야크의 길을 보면 그가 어떻게 걸어왔는지 어디로 걸어갈 것인지 어렴풋이 그려볼 수 있을 것이다.

현대시세계 시인선 **119**

일몰은 사막 끝에서 물음표를 남긴다

지은이_ 김삼환
펴낸이_ 조현석
기 획_ 고영, 박후기
펴낸곳_ 북인
디자인_ 푸른영토

1판 1쇄_ 2020년 09월 30일
출판등록번호_ 313 - 2004 - 000111
주소_ 121 - 842 서울 마포구 서교동 467 - 4, 301호
전화_ 02 - 323 - 7767
팩스_ 02 - 323 - 7845

ISBN 979-11-6512-119-8   03810
ⓒ 김삼환, 2020

이 도서의 국립중앙도서관 출판예정도서목록(CIP)은 서지정보유통지원시스템
홈페이지(http://seoji.nl.go.kr)와 국가자료종합목록시스템(http://www.nl.go.kr/
kolisnet)에서 이용하실 수 있습니다. (CIP제어번호 : CIP2020039709)